하늘의 근육이 굳어 있었다

하늘의 근육이 굳어 있었다

원용대 시선집

| 일러두기 |

한글맞춤법은 국립국어원 표준국어대사전에 따랐으며, 원문의 의미를 살리기 위해
저자 원고 그대로 두기로 하였고, 본문 수록 원작은 아래와 같습니다.

- 1부 작품은 3인시집 『습작시대』(1980), 『형성시대1』(1981) 수록 작품
- 2부 작품은 제1시집 『목소리를 낮추어』(1986) 수록 작품
- 3부 작품은 제2시집 『길 밖의 길』(1993) 수록 작품
- 4부 작품은 제3시집 『길 위에서 길을 묻다』(2020) 수록 작품

시인의 말

꿈틀거리는 구름 아래
바람이 불어와 나무의 겨드랑이를 간지럽힌다.
간지러운 나뭇잎들 살랑살랑 물들어 가듯
어느새 나도 머리가 허옇게 세었다.
문득, 나도 낙엽처럼 비우고 흙으로
되돌아갈 때가 가까워짐을 깨닫는다.

하여
지나가는 나날의 내가
부딪치고 공감한 느낌과 생각들을
서둘러 모아 보았다.
목소리를 낮추어 한 마디로 보여주려 애썼다.

2025년 초봄 원 용 대

| 차례 |

시인의 말

1 _ 꽃잎의 노래

2 _ 목소리를 낮추어

3 _ 슬픔의 강 어깨 위에

4 _ 하늘의 근육이 굳어 있었다

1

꽃잎의 노래

할미꽃

무덤이여
너를 찾아
가는 길.

강가에 앉아
쉬는
이 젊음.

자유 自由

그대들이
메마른 四月을 잃어버리고
창백하게 서울의 어느 거리를
걷고 있을 때라도
말하지 말자.
아직은 그대들이여
여전히 잃어버린 속에서
기억의 열쇠를 움켜쥐고
있을 때,
검은 깃 폭이 집집마다 펄럭이고
개마저 짖지 않는 거리를
어둠 속에 어디론가
그대들은 밀물에 밀리듯
가야만 하는데
그대들이여.

가을

가을은
만나는 사람보다
헤어진 사람들이 그리워지는 때,

잠 안 오는 어둠으로
우리를 살찌우고,

잡초처럼 무성했던 言語들을
가려내어 깊숙이 묻어버린,
그리하여
荒凉한 들판에서 외로이 떠도는
지금은 祈禱의 계절

썩는 한 알의 씨앗처럼
스스로의 가슴을 썩게 하시고
끝나지 않을 편지를 밤새워 쓰게 하신
그대들의 하늘이 더욱 높고 푸르른,

그 마른 나뭇가지 밑에서
지금은
한 줄의 詩가 더욱 빛나는 계절.

눈

이것은 여운을 남기고
골목을 빠져나간 메밀묵 장수가
소리도 없이 써 보낸 便紙

오늘도 나들이 갔다가 쉬어 가듯이
저 머나먼 시베리아의
차가운 이마와 덜렁거리는 가슴으로
너에게 소식 띄운다.

달라진 모습으로 출렁거리는
우리들의 가슴에서 가슴으로 뒤덮힌
뜨거운 그리움의 낱말들이
소복한 거리에
개마저 짖지 않는 밤.

지금 나는 혓바닥처럼 갈라진
메마른 대지 위에
太古의 순결을 뿌리고 있나니
내 사랑하는 사람들아
창문을 열고 소리 없이 스러지는 모습을
소리 나게 밟아라도 보아라.

바람

지금 먼 곳에서 날아오는 빛이 있다면
그것은 우리를 찾아오는 것
새벽과 같이 우리는 어디론가 걸어만 간다.

숲속에서도 벌판에서도
치렁치렁한 낡은 악기를 연주하며
보이지 않는 곳으로
풀밭 같은 바다 위로 흔들거리는 거리로
이름 없는 별의 이름을 부르며 간다.

너풀거리는 달빛 아래 걸어가면
칼날처럼 부서지는 우리의 이름은 무엇인가
모습 보이지 않고 걸어간 자취마다
흔들리는 이름으로
깊은 밤 깨어나 잠든 얼굴을 찾아다니는
그것은 무엇인가.

코끝에 스며드는 비린내

한밤 문득 깨어나 듣는
날갯짓처럼 파닥이는 빗소리 속에서
이웃들은 잠들고, 나의 심장에 꽂히는
못질 속에 고요는 드디어 바스락거린다.

땅속 깊숙이 낮게 깔리는
이름으로 대답하라
언제 문을 열어 줄 것인가
우리와 걸을 것인가.

편지便紙

여기
쓸쓸한 겨울 저녁
얼어붙은 나의 빈손이 보여요.

한 잎 마른 잎사귀
비비면 으스러질 듯이
불이라도 붙을 것 같은 심장으로
해는 지고 있어요.

내 빈손바닥에는
葉脈 같은 손금이 보여요.
나의 얼굴을 보여주고
피처럼 스며나오는 눈물을 닦던
그리하여 주먹을 쥐면
어느새 물처럼 새어 나오는
빈손바닥이 그 속에 있어요.

쓸쓸한 겨울 저녁 얼어붙은 거리 위에 선
내 빈손바닥만 커지고 있어요.

돌아갈 곳을 잃어버린
그 빈손바닥 위에서
우리 노래를 불러요.
거지들만의 노래를
生鮮들의 뼈 같은 노래를,
푸로메데우스.

풍경風磬

숲에서는 항상
울음소리가 들린다.
물이 흐르는 것 같은
혹은 갑자기 세상이 흐르다가
멈춘 하늘이 있다.

들여다보면
방금 나타난 흐린 달빛 아래로
서서히 우리를 사라지게 하는
흐름과 만나
누가 여기
목마르게 우리르는
추녀 밑에 바람을 달았다.

안개 속의 바다에서
건져 올린 날카로운 키스
반짝이는 비늘을 털며
일어서는 햇빛 아래 출렁이는 산맥

부어오른 힘줄처럼

누가 여기

바람 아래 바람을 달았다.

가로등

쓸쓸한 겨울 저녁
집 없는 사람들이 어둠의 무게를 짊어지고
누워 있는 地下道를 지나
바다에 가라앉은 하늘
끝없는 도시의 바다, 금지된 구역에선
젖은 목소리들이 일어서고

거리의 심장부를 가로질러
피곤한 살들이 한 조각씩 떨어지는
한 점 빛도 없는 암흑의 바다 위를 지나
아무도 꿈꾸지 않는 축축한 都市
아무도 부르지 않는 노래를 부르며

안개 속을 눈 비비며 걸어가면
부딪히는 이마 위에 하늘이 가라앉고
벌판 가득히
바람에 뒹구르며 뒹구르며 울음 우는 짐승과 같이
주먹 쥔 손을 내미는 풀잎들이 우글거린다.

거리 가득히 하늘이 보이지 않고
다만 심장이 떠내려간다.
죄를 흠뻑 적신 무거운 닻을 올리고
거리를 떠내려간다.

파도 波濤

순간순간을 몸짓은 쓸쓸히
나동그라져
몸들을 부딪는 파도 저 멀리
나는 나의 모든 것을 떠나고 있다.

이빨을 드러내고 달려드는 산맥은
개처럼 바닷속을 향하여 달리고
끝없는 몸짓으로 밀물에 밀리듯
밀려가고 있다.

돌을 던져 불러도 대답 없이
침묵으로 가물거리는
한 마리 갈매기 날아간 후
남은 것만이 남아 헛되이 되돌아가고……

수평선 위엔
눈썹을 붙인 푸른 섬이
그림자를 헛바닥으로 핥으며 바라보는

우리는 어깨를 껴안고 이마를
부딪고 있다.

풀잎의 노래

왜 우리는 끝없이 펼쳐진 大地를 보지 못하고
그 들판에 홀로 서서
바라보는 地平線 너머 다가서는
내일을 못 믿어하는 걸까

우리가 자란 땅에 또 어린 것을 자라게 하여
밟아도 밟아도 일어서는 풀잎의 노래에 귀 기울이며
지금은 우리가 굳게 잠근 기억의 빗장을 열어
거울을 보듯이 우리를 들여다보는 때

우리들의 내일에 내일
꽃보다 짙은 눈빛으로 바라다보는
地平線 너머 떠오르는 태양은
어둠의 무게에 허덕이며
어디로 가고 있는가.

물보다 짙은 하늘 저 멀리 지나간 하늘엔
어디론가 가야만 하는 발걸음으로

구름이 서성이고
여전히 모르는 속에서
기억의 쓰레기를 뒤지며
우리 어디로 가고 있는 걸까.

투망投網

이제 우리가 해야 할 마지막 일은
별빛 더욱 푸른 바다에 모래를 뿌리듯
우리의 어둠을 쏟아버리는 것이다.

사내들의 붉은 피를 쏟아붓듯이
우리의 정열을 움켜쥐고 메마른 땅의 끝
바다에 홀로 서서
헝클어진 머리를 쓸어 올리며
우리의 속살을 헤집어
수치와 다시는 쓰러지지 않는 패배를
쏟아버리는 것이다.

지금 꾸물거리는 선율 위에서
시작하는 幻想의 허무를 배우는
번뇌 사이를 뚫고
겨드랑이에 바람이 분다.
잠들어 있는 마을을 빠져나와
볼을 비비듯 가슴을 비비는
바람이 분다.

우리가 잠들었을 때
우리의 꿈속에서 비유의 들판을 걸어가며
달빛이 바스락거린다.

우리는 늘 편안히 앉아서
파문처럼 퍼져가는 그림자를 부둥켜안고
우는 사내들을 바라본다.
어둠을 걷어버리던 그들이
죽은 것을 본다.

우리는 아직 말하지 않은 말들이
살아 있음을 본다.
이제 우리가 해야 할 마지막 일은
우리의 어둠을 쏟아버리는 일이다.
바다에 홀로 서서.

등대 燈臺

달려보고 싶다
달려보고 싶다
서 있는 저 나무
한 점 하얀빛으로
나를 감싸고
너의 記憶이 나의 속절없는 목을 조르는
理由까지 달려 보고 싶다.

깊은 가을 속
밤의 무게가 하얀 비듬처럼
떨어져 내리는 가로등 아래로
나동그라져 北과 만나고
이름 모를 얼굴처럼
창밖에서 어른거리며 바람이 빛나는
날개를 달고 나부끼는

지금 내가 서 있는 곳은
깃발 펄럭이는 孤島

내디디면 떨어지고
서 있으면 쓰러지는 저 하늘 언저리
바다보다 푸르른 수평선 위에
내가 네가 되어
달려 보고 싶다.

木手의 잠

소리 없이 귀 잘리고
떨어진 귀는 어둠을 달고
맥박을 듣고 있었다.
하나, 둘
엉덩이를 털고 일어서는 언덕들은
출렁이는 音階를 넘어
하늘 저편으로 물러나고,

푸른 달빛의 살점들이 툭, 툭, 떨어지는 거리에
맨발로 서서
잿빛 시간의 빗장을 벗기면
대팻날 위에 역하게 앉아
찢겨 펄럭이는
우리들의 잠.

나뭇가지 사이사이에서 흔들리는 몸짓으로
차가운 손 마주 잡고 은밀하게 바라보면
密度 있는 달빛 아래

벗겨지는 現代의 이마쥬.
소리 없이 귀 잘린 어둠 속에서
곪은 가슴들은 얇아져 가고
그 위에 불거진 푸른 동맥들
목을 축이는 木手의 잠.

촛불

이것은 내 젊음의 형벌이다.
천만번 울부짖어
펄럭이는 깃발 아래서
한 송이 들꽃이 눈을 뜨는
이 떨림.

가슴 한복판으로
코피를 받으며
바람은 달려가고
달려간 흔적마다
떠도는 물결.

그 한 가닥 골라잡아
귀에 꽂으면
가락도 없이 흘러나오는
灰色 빛 순간.

소리 없이 젊음은 타들어 가고

이젠 꿰매어진 상처를 안고

모든 길을 埋沒하면서

영혼의 하늘을 부르는

神들린 몸짓으로 잠드는 바다.

여명黎明

그대
찾아온다면 비로소 보게 되리라.
너의 슬픔과 나의 슬픔이 모여
바람 부는 소리로 우는 구름 사이사이
몇천 린지 알 수 없는 강물은 흐르고
나의 등처럼 굽은 길을 따라
입을 벌려 소리도 내기 전에 떠나 버리는
잠들 수 없는 사람아.

우리에게 남아 있다는 것은 무엇일까
우리의 팔다리를 잘리고 알몸으로 뒹굴며
들판을 굴러가는 낙엽처럼
개가 짖는 골목으로 감춰지듯이
어디론가 수런대며 떠나가는 사람들.

까마득한 曠野에 우리의 밤을 보았을 때
울음 우는 山의 소리를 들었을 때
찾아온다면 보게 되리라,

새벽엔 언뜻 일어나
어디선가 달빛 쓰는 대빗자루 소리.

꿈

여름 한낮 쏟아지는 소나기처럼
곪은 상처가 터지는 시원함이다.
취해 쓰러져 길바닥에서 잠든 밤
거기서 가슴 태우며 밝히는 촛불이다.
나는 이 세상에 없는 말이다.

오늘은 마지막으로
바라보듯이
건넛마을에 서 있는 나무에게
눈인사를 보내고 죽은 듯이 잠들었을 때
취한 김에 슬쩍 들러 보았다가
문득 눈뜬 밤
하늘이 보이지 않는다.
강물이 불어 붉게 흐른다
거기 내 심장이 떠내려간다.

하늘도 없는 바다로
아무것도 없는 강물 위에

내 눈이 맴을 돈다.
오늘은 가을 들길 나들이 갔다가
쉬어가듯이 아주 잠드는 것이 아니라
잠깐 졸듯이 꾸는 한바탕 꿈이다.

깃발

그대의 하얀 이가
신물 나는 빨간 사과에 꽂혔을 때
난 그대 가슴에 사랑의 화살을 쏘았다.
빛깔이여.

새벽의 맥박이 뛰고
水平線 저기 동녘에
머리를 내미는 산과 들,
四月이 오면
물결처럼 밀려오는
그대의 빛깔 위에
키스하리니.

손은 내밀지 말게
입도 열지도 말고
그저 그렇게 서 있어 주게
비 내리는 날 항구에 가서
외국에서 실어 온

독한 소주나 마시고
그렇게 서 있어 주게.

눈도 감지를 말고
소주와 같이 짙푸른 핏대 위로
자유의 깃발이나 한 개 세워 주게나.

무덤

1

떠다니다가 떠다니다가 싫어지면
어느 곳에도 닻을 내리면 되는 거야
멀리 都市의 불빛을 바라보면서
쐬주라도 때리면 되는 거야
파이프를 물고서 지그시 바라보면
코끝에 묻어오는 할머니
당신의 얼굴엔 십자가도 있고
당신의 얼굴엔 부처도 있어요.
눈썹과 코를 합하면 십자가
그 밑에 목구멍이 포도청

2

어느 가을날
서울에서 내려와 산이 우는 소리를 듣던 그 사람
지금은 어느 계곡에 앉아 듣는가

떠나가던 날 허공에 삿대질하며 말을 맺더니
다시는 우리와 뒤돌아 앉아 입을 다물고
솔바람 소리로, 여울물 소리로
가슴을 풀어헤쳐 흘러내린다.
돌아오는 살을 헤집고 바람이 분다.

3

보라, 저기 끝없이 가리킨 손가락 끝
출렁이는 파도와 같이 일렁이는 무덤
그 위에 떠 있는 별들.
밤하늘에 아득한 물빛 끝에 날아오는 눈빛으로
소리쳐 부르노라면
마음속 깊은 곳에서 사각거리며
기어가는 벌레 한 마리
손가락 끝에서 끝으로 이어지는 가느다란 실 같은
만져보면 먼지처럼 소리 없이 무너져 흩어지는
한 조각 구름.

부활復活

1

무엇일까?
까마득히 새벽닭이 울기 전
죽음의 닻을 들어 올리고
이마를 부딪는 파도 위에서
체험의 빗장을 벗겨 보이며
쉴 새 없이 분단된 나의 內部를
飄飄히 떠나가는 베드로여
조각조각 영혼은 떠오르는 햇살 아래 멀미를 하고
병든 나의 良心은 날카로운 메스에 찢기고 있다.

찢어진 고막 속에선 감출 길 없는 속살들이
반짝이는 알몸으로 쏟아져 내려
世界는 時間의 매듭을 풀고
우리들의 자유,
땀이 배어 흩어진 꽃잎들이 꿈보다 선명한 돛을 올리고
찌그러진 神의 사나운 시간을 떠나온 저기

잘려 나간 손발들을 보아라. 그리고 용서하라
살아있는 것들은 어디엔가 다다르고
다다르는 곳은 언제나 사라진다
뼛속 깊숙이 나의 이해받지 못하는 內部에서
바람은 항시 떠나고 있다.

2

물의 늪으로 바람이 되어 불려 가면
거기 아무것도 살아남지 않고 다만 꽃이 되어
무너진 담 위에 꽂혀있는 누이여
小兒痲痺 누이야
세상의 모든 것들 어우러져 아득한
非分節로 아우성치는 오후의 언덕 위에서
수선대는 타자기와 전화선을 타고
흘러드는 벨 소리가 굴러다니고
자음과 모음들이 일어선다.
세월을 넘기는 이마 위에 낙엽이 떨어진다.

物價처럼 치솟아 오른 힘줄을 세우고
바다의 앨범을 넘기면 이것은 언제나 시작이었다.
경이로운 눈빛으로 햇빛 아래 匕首를 번뜩이며
아직도 太初의 非分節音으로 서걱서걱 거리는 너의 곁에서
갈대처럼 끈적끈적한 헛기침으로 信號를 하면
아물은 過去들이 몰려와
살점 끝에서 저 혼자 살아 바다를 일으키고 있었다.

3

버스에서 내려
조금씩 구겨진 몸짓으로 한 획씩 풀려진다.
도시락에는 구멍 난 구두가 들어 절그럭절그럭
關節 부딪는 소리를 내며 겨울바람이 지나간다.
대폿집에서 영혼의 바다를 건져 올리며
골목을 구부러지면
우리는 얼마나 돌아왔는가
햇살이 밝은 곳에 둘러 앉아

蜜蠟으로 만든 우리들의 집에는
그러나 기둥이 없다.
끌어안을 아무것도 허락받지 못하는 思想과
땅뺏기 놀이 때 튕겨냈던 햇살들.

밥상 앞에 앉아서 夕刊을 펴 들고
子音과 母音들을 씹으면
어디로 가시나요, 주여.
바다 저 멀리 이름 없이 사라져간 사람들의 이름으로
차디찬 파도는 칼날을 일으켜 세우고
귀를 막아도 막아도 잠들지 못하면서 앓고 있는 나의 귀를
쓰다듬는 하늘이 보인다.

4

무엇일까?
까마득한 새벽 첫닭이 울기 전
쉴 새 없이 분해된 나의 內部를

飄飄히 떠나가는 베드로는

끊임없이 세웠다가 허물어지는 모래처럼

살아있는 것들은 어디엔가 다다르고 다다르는 곳은

언제나 사라진다.

이마 위에서

소리 없이 부딪히는 소리

영혼의 하늘을 부르는 神 들린 몸짓으로

높다랗게 매달려 가위눌린 나를 바라보더니

完了를 선언하는 埠頭가에 微熱처럼

떠오르는 달빛, 달빛,

달무지개 받으며 마취에서 깨어나면

完快한 나의 창가엔 바람이 서성거린다.

편지便紙 II

밤새 죽어 있다가
밤새 죽은 듯이 누워 있다가
베갯머리 두들기는 빗소리를
머리 풀고 앉아 들으면
어둠이 싫어,
어둠이 싫어,
샨데리아 불타는 어둠이 싫어.

바람을 가르고 쏟아지는 빗발 속에서
無限이 맞닿은 水平線으로 떠나오던 날
모두들 웅성거리며 혹은 잠들고
비틀거리며 어디론가 빠져나가는 열차 위에서
외치는 소리

산굽이를 돌아 몇 길인지 알 수 없는 낭떠러지
깊은 땅속에서
아버지의 아버지
깊은 밤 흐느껴 울음 우는 그대의 아버지

떠나오던 날 비 맞으며
돌아서는 모습 보았는가
멀리서 내 부르는 소리
어둠이 싫어,
어둠이 싫어.

2

목소리를 낮추어

꿈속에서

아버지는 저승의 꽃을 가꾸면서도
꿈속에 나를 찾아와
자꾸만 구름처럼 서성이면서
먼 하늘 끝 떠나온 별을
바라보았다

이웃집에 나들이 가는 것처럼
흰 운동화 가뿐히 갈아 신고서
아무 말도 없이 털어 넣은 소주 한 잔을
목이 메어 삼키지 못하는 안타까움아

꽃 피는 저승에서
영원히 터전 잡아 지내다가
내가 잠든 꿈속에 달려와서
고달픈 나의 이마를 짚는
나의 아버지

혀끝에 맴도는 헛소리처럼

떠나지도 못하고 서성이다가
아침이 몰려오면 귀신처럼 사라지는
한 가닥 꿈인가
안타까워라

연

남쪽으로 내려가
육지의 끝
바다로 갈까.

바람에 머리카락 흩날리며
인연의 얼레를 끊고
시작도 끝도 없는 수평선 위에
하늘과 등을 대고 떠다니는
섬이나 될까.

차라리 철조망을 둘러친 휴전선 넘어
면류관을 쓰고 앉은 백두산에 날아가서
한 점 깃발이 될까.

상상의 바다를 건너뛰어
자는 듯이 죽는다는 저승의 하늘에
끝없이 날아오를까.

그냥 그대로

남태평양 불어오는 바람결에 큰마음 잡아서

휘갈기는 구름 끝

힘주어 찍은 절정의

독도나 될까.

절정 絶頂

거우내 얼어붙은 강물이 풀려나듯이
영혼의 옷자락을 끌어당기며
맨발로 뛰어다니던 벌판 위에서
먼 인연의 실 끝에 매달려
하늘 높이 떠 있던 종이 연.

거센 바람이 불수록
지금은 잊혀진 사연의
엉킨 실마리 끌어당기며
하늘 높이 치솟아
무뎌진 손끝에 와닿던
숨 가쁜 순간.

기억의 들판으로 달려 나가다
헛디딘 발걸음쯤이야 누가 뭐래도
지나간 나날은 이미
죽어버린 경전을 안고
대답 없는데

신은 신이고
인간은 인간이지

바람 부는 벌판으로 나아가
허리를 숙이고 찾아 헤매는
잃어버린 종이 연.

서울夜話

자정이 되면
가위눌린 꿈속
우리들의 都市
서울에도 별이 내린다.

술 한 잔씩 걸치고
비틀거리는 우리들의 마음속에
자정이 되면
별이 내린다.

迷忘에 떠도는 사연으로
별빛들 쏟아지던
우리들의 서울이
조금씩 취하여 쓰러진다.

그대는 누구요?

대답도 없이

이슬 같은 별이
빈혈을 앓는다.

목소리를 낮추어

친구여
나는 눈을 잃어버렸다.
얼굴에 붙어 얼굴과 함께
살아가던 나의 눈은
이 세상을 바라보는
귀중한 마음이었다.
오늘 나는 애인이 떠나간 듯
나의 친구였던 안경을 잃어버리고
흔들리는 햇살의 그림자처럼
난시의 눈으로 안개 낀 이 세상을
바라보면서
목소리를 낮추어 너의 귀에 입을 대고
전화를 건다.
눈뜬장님이 되어
부서진 공중전화기 앞에서
너의 귀에 대고
찌그러진 전화를 건다.

독백

내가 사랑하는 친구가
신발도 못 신고 끌려간 밤엔
목숨보다 질긴 소망을 가슴에 안고
어둠 속에 웅크리고 기도를 할 것.

다시는 올 수 없는 시간의 흐름 위에
둥우리 치고 살아가다가
너도 가고 나도 떠난 후
얼어붙은 땅속에서
새로운 생명의 씨앗이 되어
못다 피운 사랑의 꽃 피울 때까지
어두운 하늘의 웅덩이를 들여다볼 것.

어두운 하늘의 바다에서
이빨을 내밀고 달려드는 파도처럼
달려드는 바람 앞에 목숨을 맡기고
촛불이 되어서 기도할 것.

겨울이 지나면 봄이 오듯이
내가 사는 이 땅에도 봄이 오기를
어둠 속에 웅크리고 기도를 할 것.

길을 잃고

잃어버린 내 날개의 뿌리를 찾아
두 눈에 불을 켜고
밤길을 걷다가 지쳐버린
산야의 골목 끝.

발버둥 쳐도
벗어나지 못하는
異域의 감옥에
나는 갇혔다.

여닫을 문도 없이
어둠은 밤을 낳고
밤은 어둠을 낳다가
엎드려 늙어버린 조선 땅

사랑의 역사에 시달리면서
새벽에 태어난 아이를 안고
밤길을 가다가

바닷가에 서서
얼어붙은 어둠을 타고
밀려드는 하늘을 본다.

이민移民간 친구

오늘은 문득
길고 긴 침묵의 편지를 쓰고 싶었다.
지도를 꺼내 자유의 살과 피가 묻은
우리들의 영혼에 얼굴을 묻고
짙은 물빛 하늘의 무게를 달아보고 싶었다.

沃沮에서 부여로
부여에서 고구려
그리고 다시 나의 조국 코리아여

보일 듯이 보일 듯이 보이지 않는
내일의 주소에서
우리들이 태어난 어머니 나라

국사 시간마다 아쉬운 마음으로
우표를 붙이던 야윈 손으로
만세를 불러보고 싶었던
나의 친구여

코리아의 거리에는 풀잎마저 시들고
너와 나 할 것 없이
값비싸게 꺾어온 꽃으로 장식을 했다

잃어버린 것마저 잊어버리고 꽃으로 덮어버린
忍從의 목숨을 부여잡고
하루의 슬픈 위안을 찾는
오늘은 문득 꽃물로 쓴 눈물의 편지라도
쓰고 싶었다.

38선

새벽에 눈을 뜨면
너는 무서운 짐승이다.
구원의 가슴에 못을 박은
어리석은 짐승이다.
기다리다가
기다리다가
미쳐버려서 머리칼을 펄럭이며
용서할 수 없는
증오의 역사를 쓰게 한 뒤
더욱더 커다란 사랑의 눈을
뜨게 한 위대한 하늘
새벽에 눈을 뜨면
부끄러워라
찬란한 별들의 축제가 끝나고
우리는 무서운 짐승이다.
무기를 쌓아놓고
서로를 노려보면서
입으로 사랑을 외쳐대는

우리는 시방 무서운 짐승이다.
구원의 가슴에 못을 박은
어리석은 짐승이다.

지도 地圖

두 눈을 뜨고도
다 못 보는 세상의 빛을
누가 가리고
당신의 고운 가슴에
못을 박았나.

장백산맥 올라가
새벽이 올 때까지 무릎을 꿇고
바라보던 백두산 마루.

그대 허리에 둘러친
가시철망을 걷어
출렁이는 동해 바다에 깊숙이
쑤셔 박아버리고
또다시 내일이 오기를
손꼽으며 기다리는데,

우리의 영산

백두산 마루
가볼 수 없는
상상의 땅이여.

분수

4월의 하늘 골짜기에서
쏟아져 내리는 자유의 바람이
머리를 말리며
하늘을 올려다본다.

너른 바위에 누워
젖은 몸을 말리며
이끼가 끼어있는 물소리 따라
맨발로 내디디며
하늘의 가슴 턱까지
다가서 본다.

아침에 떠나온 고향이
보이는 자리

돌멩이에 넘어지고
자꾸만 미끄러지며
4월의 하늘을 올려다본다.

안개 속에서

네가 내가 되고
내가 네가 되어
너와 나 사이에
보이지 않는 벽을 허물고
서로의 아픈 마음
쓰다듬어 줄 수 있다면

저 험한 산 넘어
나지막한 언덕 위에
밭을 일구어 어깨를 껴안고
나아가리라

한가로이 풀을 뜯는
평화를 찾아
한겨울 몰아치는 눈보라 속에
서로를 의지하고
차가운 어둠을 바라보리라

그대와 나 사이에 가로놓인

벽을 허물고

동에서 떠오르는 태양을

기다릴 수 있다면

나아가리라

안개를 헤치고.

아침

그날이 오면
조선 땅 위에
그대가 걸어간 길마다
예쁜 꽃들은 피어나리니
내가 미치도록 꽃들이 피어나
싱싱하게 다가서리니
산허리 걸린 고갯길 돌아
호숫가 저편에서
철쭉꽃으로, 함박꽃으로
마구 웃으며 다가오리니
누가 떠나고
누가 남는가
그대 살아가는 길목에
덧니를 드러내며
꽃들은 피어나는데
울고 가는 사람들
무거운 어깨를 털며
어둠 속에 깨어나

어둠의 올을 풀어 헤치고
새벽은 일어서서 다가오리니
그날이 오면

4月이 오면

시퍼렇게 날이 선
무슨 뜻이 있어서
봄만 되면
얼었던 땅을 헤집고
새롭게 돋아나는가.

목발을 짚고
한숨을 몰아쉬면서
띄엄띄엄 걸어가는 걸음마다
잊고 있었던
무슨 사연의 뜻이 있어
해맑갛게 다가오는
얼굴들이여.

굳어버린 아스팔트 위
나뒹구는 돌멩이를 헤치고
얼어붙은 땅에서
봄만 되면 얼굴을 내미는
그 사람이여.

不眠의 밤에

잠이 들 것 전부 잠들고
깨어있는 것만이 뒤척이며
귀를 기울여 듣는
빗소리의 고요를 아는가 그대.

날아다니던 먼지마저
고요히 가라앉아
세상은 침묵의 바다처럼
소리가 없지.

역사의 탑이
밤에 세워진다면
밤에 세운 탑들은
또한 허물어져 허망한 것을.

비가 그치고
맑은 하늘에
고요히 둥근 달 솟아 오르면

개들이 거품을 물고
짖어대는 사연을 아는가 그대.

골목길

나비가 날아오지 않는
향기 없는 꽃들이
벽돌담에 매달려
피어 있었다.

메마른 인정의 꽃밭에
향기를 잃은 꽃들이
개척교회 앰프에서 쏟아지는
종소리에 매달려
몸부림친다.

이 세상은 혼자 살 수 없는 곳
그러나 이 세상은 혼자서 살아가다
죽어가는 곳.

西域으로 나아가는 깊은 꿈결에
커튼을 젖히고 내다본 한길에서
하루를 파는 엿장수 가위질 소리가
나의 귀를 자르고 있다.

너의 눈동자 속에는

너의 눈동자를 들여다보면
바람이 불 때마다
가랑잎 굴러가는 소리가 산다.

눈이 오거나
비가 오거나
생각만 해도
소박하게 그리워지는
맑은소리가 산다.

비눗방울처럼 하늘을 나는
나의 희망이
산뜻하게 살아서
호두를 굴리는 소리

햇빛 쏟아지는 안마당에
샘물이 넘쳐
흘러가는 소리가 산다.

메아리

산에서는
바위들이 땅속에 허리를 묻고
빙산처럼 햇살에 녹아내리며
이끼 낀 섬으로 떠서 흐른다.

망망한 허공에서 들려 나오는
침묵의 무게를 날개에 싣고
산에서는 바위들이
새처럼 날아다닌다.

넓은 들판 지나서
더 이상 오를 수 없는
하늘 꼭대기.

안개 낀 소리의 성이 되어서
저 멀리 구름 속에 떠도는
발음을 한다.

산
　산
　　산.

풍경화

저녁 안개를 타고
불경기 같은 가을의 햇살이 떠다니는
거리에 나와
무엇을 찾으려 하나

부도가 난 수표를
안주머니에 고이 간직하며
키를 재며 서 있는 빌딩의 주름진 얼굴

어깨 위에 내려앉은 하늘엔
새 한 마리 날지 않고
날 저무는 노을 나뭇가지 사이로
사랑을 한다며 울려오는
자줏빛 전화벨 소리

항아리

차라리
눈을 감으면
보인다 보여.

세월에 씻긴
바위에 앉아
마알간 하늘을 보고 있는
그대가 보여.

불어오는 바람결에
머리를 감고
부드러운 허리를 드러낸
산등성이에 그대가 보여.

아직도 잠이 깨지 않은
태초의 소리를 담고
높다랗게 나는 산들의 날갯짓 아래
그대가 앉아 있는
3월의 창공.

3

슬픔의 강 어깨 위에

2

길을 가다가
문득문득
뒤돌아보면
가슴 한구석 허전한 자리에
맴도는 그리움으로
차곡차곡 쌓여 있는
시간의 탑들
먼지처럼 무너져내려
가던 길 그 자리에 멈춰 서서
하늘 올려다보면
지나온 길 베어 문 파도길도 보이고
밤늦게 찾아온 친구와
술에 취하며 굿판을 벌이는
여기는
신비한 모순이
수염처럼 자라는 세상.

눈은 빛나되
별처럼 차갑지 않은
꽃
가슴에 달고
하늘에 떠오르는 유정란 하나
어서 오라
손짓을 한다.

5

어디로 갈거나
저 푸른 하늘
뜬구름으로 떠다니다가
떨어진 이 땅에
한 줄기 바람
약속도 없이 약속의 이름으로
쏟아지는 빗방울
냇물로 흐르다가
강물이 되어 바다에 이른다고도 하였으니
등 따스운 집도 없고
가슴에 뭉클한 정도 없이
목에 치미는 서러운 마음
뜬구름 되어
빈집처럼 남아 있는 겨울 벌판 위에
홀로 나아가 부르는
겨울나무의 노래

9

바람처럼 자유로운 새가 되어
바다에 이르러
나는 울었다.

더 이상 흘러갈 수 없는
밤의 하류
흘러온 江을 붙잡고 울었다.

길 아닌 길로
자유의 바람을 걸머지고서
벌판을 가로질러
저녁노을 안고 가는 애인아.

나에게 남겨준
유일한 자유는
희망을 꿈꾸는 권리.

별빛 쏟아지는
모래 고운 강변에
온몸을 태우는 촛불을 켜고
결백한 죄인이 되어
우는 나의 애인아.

11

산 너머
산구름을 헤치고
비가 쏟아져
나의 쓸개와
병든 어둠의 쓰레기를
싹 쓸어버리고
내일은 맑게 떠오르는 보름달을
볼 수 있다면

마른버짐 먹은 시든 꽃들이
싱싱한 얼굴로 되살아나서
눈부시게 인사를 하는
인정의 꽃밭에서

온 세상이 빛나는 아침을
두 손 들어 맞이할 수 있다면

달빛을 배경으로
그대 무릎을 베고
오늘은
새치 같은 설움의 흰 머리카락을 뽑으며
고요히 들어보는
自由의 숨결 누리며

너와 나
함께 할 수 있다면

13

이 나라에
길고 긴 겨울이 가고
새봄이 온다
벌떡벌떡 일어나
동녘 하늘 떠오르는 해를 보며
씩씩하게 이를 닦고 기다리던
아침이 온다.

뒤돌아보면
얼마나 안타까웠나
지나간 여름과 가을 사이
소리 없이 서리가 내리고
신들이 앉아서 차린 밥상을 받는
날 저무는 굿판에서
비바람 몰아치듯
울긋불긋 울려오던 풍악 소리

달빛 불러 앉히고
별빛 시퍼런 칼날 온몸에 묻혀

사방에 휘두르며 춤을 추던
여기는 신비한 모순이
수초처럼 흔들리는 동방의 나라.

빛의 손길 닿지 않는 추위 속에서
스스로 빛나는 눈으로
떠오르는 해를 보며
씩씩하게 이를 닦고 기다리던
그날이 온다.

16

혼불 속에서
하얀 백자를 구워내는 생명들로
만다라의 나라는. 만원사례.

얼굴은 보이지 않고
이름만 남아
깃발처럼 나부끼는 약속의 땅.

우리는 어디에서 왔다가
어디로 가는 걸까

허망한 가슴 쓰다듬고
사약처럼 쓰디쓴 입맛을 남기고 떠나간
당신이 약속처럼 다시 오는 날.

하늘 높이 울려 퍼지는 새벽의 노래
거기에는 있으리라
시들지 않는 황혼.

24

벽을 느끼면
밀어붙이고 싶다.
온몸으로
시간의 벽을 미는 그림

무엇이었던가
너와 나
전생에 그 무슨 인연이 있어
또한 다가와 보이지 않는 의미의
불연속선

벽을 미는
그림 앞에 서면
허물 수 없는 시간의 벽
열쇠도 없이
사방으로 갇혀 짐승처럼
둘러보는 탈출구

25

떠오르는 太陽이 피리를 불며
언덕을 기어오르면
마법의 긴 잠에서 깨어
기지개를 켜면서 햇살은
조개껍질 같은 마을에
퍼져 오른다.

불면의 핏줄이 거미줄처럼 늘어선 거리
살은 집시의 바람 속으로 몸을 눕히고
부드러운 바람의 손길을 따라
눈을 뜨고 있었다.

춤추는 뼈들. 바다의 율동을 따라
집시의 피는 不眼의 윤기 나는 머리를 풀어 헤치고
마술의 보자기처럼 벗겨지는 어둠
망설임 속에서 베드로의 나이처럼 불확실하게
권태를 안주 삼아 씹어대는 바람 앞에
내가 나누어준 살과 피
뼈마디가 갈대처럼 쓰러진다.

무엇이 되기 위한 몸부림이냐
어둠의 긴 터널을 나와 다다른 下流에서
아침은 기지개를 켜고
새로운 죽음을 도시락처럼 옆구리에 낀 채 문을 나서면
빠이빠이
내가 나누어 준 살과 피가 뼈대 없는 인사를 한다.

목숨을 바쳐 키워온 희망이
달려와서 쓰러지고 일어서는 파도에
머리를 치받으며 또 하루
떠나가는 먼 길.

37

피를 팔고
밤늦게 그림자를 밟으며
집으로 돌아오는 골목길

그림자들은 전봇대를 붙잡고
저희끼리 무서워서 머뭇거린다.

앓는 고막 속에서
바람 소리 차갑게 불어 나오고
주머니 속에서는 지폐 몇 장
움켜쥔 주먹이 부들대며 떨고 있다.

고향 들판은
불도저에 밀려 지워지고
고름처럼 흘러나온 길들이 새로 생겨
사람이 사람을 만나도
슬며시 비껴가는 길.

어디선가 뽑아다 심은
가로수의 잘린 어깨가
하늘을 받치고 내려보는데
벽에 기대어
밤새워 오물을 토하며 등 구부린
하수구 하나.

39

바닥도 없는 어둠의 빛깔
온몸에 청동으로 두르고
나뭇가지 끝에서
지문처럼 지워지지 않는 상처를
핥고 있다.

쥐불처럼 눈 녹은 길가
소리 없이 밟히는 눈발을 흩뿌리면서
푸른 멍이 든 그림자 되어
죽음과 세월의 울음을 우는 새

흔들리는 마음의 마디마디
맥을 짚이듯 묻어나는 신음을 죽이며
제 몸보다 더 검은 무거운 짐을
自由의 날개에 싣고
하늘이 무너져 내린 듯
누가 우는가

걸리는 것 없는
어둠의 바다에서
건져 올린 생명의 무게,

무거운 짐을 自由의 날개에 싣고
죽음보다 시퍼런 어둠의 껍질을 두드리면서
흐느낌처럼 목 부은 소리로

까악깍
까악
깍.

42

전라도 광주로 간다.
마음만 앞서고
발걸음은 뒤따르지 못한다
엎어진다.
붙잡아 맨 올가미에 걸려
몸은 제자리에 있고

문득 그나마 달려온 길
뒤돌아보면
높고 낮은 산야에
길은 활처럼 구부러졌는데

누가 아는가
머리를 하늘에 두고
발은 땅을 디디고 섰던
우리들

광주로 서둘러 가다가 나둥그러져
머리만 광주로 향하고
몸은 제자리에서 분신을 하는
어느 시인의 꿈

43

오월의 푸른 하늘
목마른 그리움으로
어이도 없이 땅에 묻은
부활의 노래
오! 너는 우리가 죽였구나

언제였던가
떠나가는 그 사람으로
귀를 기울여 들어본 하늘에서
들려오는 서러운 숨결.

구름을 헤치듯 얼굴을 내민
연한 이름.
미움도 없이
꽃 같은 노을도 빈 몸으로 스러져가고

목쉰 소리 마시며
오늘은 순결을 잃고

우리가 꾸는 꿈
둥그런 뿌리로 남아
또다시 땅에 묻은
불활의 노래

46

집 지키던 개마저 잠든
고요한 어둠 속에
울리는 초인종

문설주에 다가서 귀를 기울이면
얼굴 없는 싸늘한 침묵의 길들이 보이고

다시 돌아와 자리에 누우면
잠든 도시의 공기를 찢으며
치달리는 새벽 화물 자동차에 실려
멀리 사라지는 시간으로

내가 누운 땅 밑에서
아우성치며 끊어질 듯 이어져
흘러나오는 알 수 없는 모르스 부호,

눈을 감으면
누군가 자꾸 신호를 보내

잠 못 들게 하고

발뒤꿈치 들고
맨발로 찾아와
초인종을 누르는 얼굴 없는 바람소리.

47

어둠 속을 걸어서
문을 열고 들어가면
거기
아침에 떠오르는 태양 아래
이슬 머금은 붉은 꽃
입술 벌린 꽃대궁이
흰옷 입은 우물가 무궁화나무 아래
뱀풀처럼 어둠을 노려보는 고무신
나란히 놓아두고
어디로 가셨나
수염처럼 거친 나이테 다듬으며
살아가던
아버지

54

그대의 가슴 속
무엇을 더 보려는가
차라리 투명한 시냇물 속
어른거리는 조약돌 가슴에 문지르고

흰 눈이 오면 모자를 쓴 듯
점잖게 앉아
넓고 먼 東海를 건너
태평양을 바라보는 자리

하늘에서 흘러내린 산등성 따라
길을 만들어
오늘은 그대들의 떨리는 密語들
진눈깨비처럼 귓가에 떨어지는 고개 넘어

차가운 공기를 헤치고
어지러운 시대의 거리
우리들 먼발치에서 바라보니

누가, 길을 멈추고
하늘을 떠받치고 있는가?

58

달빛 하얀 캔버스에
그림을 그립니다.
떠도는 혼들을 불러 모으듯
산과 들 불러 모아
기다렸다는 듯 밀려드는
강 하나 그리면
흘러가는 것은 눈물입니다.

강바닥에 가라앉은 하늘
밀어 올리면
비늘을 털며 파닥이는 구름 위에
자랑스런 얼굴처럼
고개를 들어 보이는
북풍에 씻긴 달.

달빛에 눈물을 말리고
살 마르는 아픔을 씻어
절벽을 따라 병풍처럼 걸어 두고

바람에 젖은 입술을 깨물며
얼음을 깨고 나온 서늘한 마음에
빛나는 눈 하나
그립니다.

달빛 하얀 캔버스에
눈물을 그립니다.

59

큰 강물이 소리 없이 흘러 흘러
산발치에 이르렀다.

쉼표처럼 또 하루해가 막을 내리고
진실로 사랑하는
우리들의 하오.

갈매기 날아드는 저 공중에
어느 한자리
벗어나면
거기 먼 길 모퉁이 돌아
서서히 다가오는 침묵의 섬.

말의 때
벗기고 벗겨
산발치 감돌아
바다를 이루고
청남색 빈 하늘로 떠 있는
너와 나.

큰 강물 흐르고 흘러서
하늘에 이르렀다.

60

영산강 바람에 섞여 있는 사투리
올올이 풀어헤친 강가에는
지울 수 없는 고운 핏줄
늘어선 나무마다 서 있고

수면을 스쳐 나가는 물새와 같이
하늘에 흘러가는 구름 속에
물구나무선 산들
서로를 손짓하여 부릅니다.

바람이 불어오면 바람이 부는 자리
눈을 감으면 눈 감은 얼굴로 나타나는
영산강 하류에는
시골길 장날 같은 만남이 있습니다.

새벽 별빛 가라앉은 강바닥
맑은 모래처럼 흘러온 수많은 시절
아련한 기억 속에는

언덕을 넘어 돌아 소리도 없이
달려드는 파도가 있습니다.

영산강 하류를 불어가는 바람에는
꽃다운 나이로 다가오는 하늘의 숨결 따라
밀려왔다 밀려가는 상상의 섬
채워도 채워도 채워지지 않는
시간의 바다가 살아
두 팔 벌려 껴안는 갈매기로 나릅니다

61

숨만 쉬며
앉아 있으면
저 가슴 밑에 가라앉은 앙금들이
쓰라린 고통의 사슬들을 풀어헤치고
춤을 추듯 날아다니는
물푸레 꽃잎들

어느 날까지
나는 사랑하는 것인지

내 상념의 가닥들은
강가를 헤매고
내부 분열
나는 둘로, 셋으로 찢어지고

가슴에 피를 흘리며
석양이면 가라앉는
어느 날 하루

65

목을 놓아 울고 싶다.
돈을 내고라도
며칠이건 우는 자리 있다면
머리 풀고 달려가서
말 못 하는 슬픔의 품에 안겨
눈물 펑펑 쏟아내며
소리 내어 울고 싶다.
깨어나는 아침마다 꿈들은 넘어지고
허물은 때처럼 끼어
내 안에 있는 또 하나의 내가 몸부림치며
화해하듯 맴도는 만남의 자리.
새벽닭이 울면 떠나간다는
귀신들이 남겨둔 슬픔의 어깨에서
겨울이 되어도 얼지 못하고
흘러가는 물 밑에 물
선잠 속에서 건져 올린
불타지 않는 차돌 같은 사리
가슴에 안고

소리 없이 흘러가는 강가에 엎드려
목을 놓아 울고 싶다.

4

하늘의 근육이 굳어 있었다

말뚝

자유의 함성에는
누르면 누를수록
온몸의 힘을 세워
땅속 깊숙이 파고드는 목숨

칠흑 같은 어둠 속에서
뜨거운 입을 맞추며
속살을 풀어낸 내력

허리 시린 나이로 뿌리내리고
말없이 살아온 세상

일 년 열두 달
그중에서 가장 싱싱한 하루를 골라
땅속 깊숙이 등 털을 세우고
험난한 이 세상에
뿌리를 내리는 말뚝

노을

죽는다는 것이
장례식을 마치고 깊은 땅속
어둠에 묻힐 때만은 아니다

살아 있어도
마음대로 움직이지 못하는 너의 가슴속
차가운 얼음에 갇혀 누워 있는 사랑

두 눈을 멀쩡히 뜨고도
한눈파는 사이에
나를 배반한 저녁 어스름 속에
떠나 버린 애인아

도둑맞은 순간처럼 아찔하게
죽어서 사는 법을 가르치는
애인아

광화문

한차례 밀어닥친 사람들이
썰물처럼 광화문의 사타구니 사이로
빠져나간 도시

하늘에서 버린 불빛들이
잠이 든 골목길을 불어오는 바람에 떠밀려 날아가고
빈 거리를 지키는 전갈들이 지나간다

꼬리에 꼬리를 물고 일어서는 생각들이
혹은 반짝이고 스러지는 별똥별처럼
일제히 함성을 지르며 피어나는 꽃을 꺾어 들고
뒤척인다

무엇이었나
역사를 가로지른 이념의 철조망 위에
앉아서 지저귀는 새들처럼
서툰 공존을 외치며 밝아 오는 아침을 맞이하는
여기 동방의 나라

활짝 열린 문들 사이로 에펠탑 같은
커다란 산이 하늘 아래 갈라지고
산들을 이어 놓은 다리를 건너
하늘 가득히
회오리바람을 타고 솟아오른 자유의 봄기운

달 -연(鳶)

세월에 매달린
어둠의 긴 행렬이 그림자를 이끌고
검은 숲에서 걸어 나올 때

아침이슬에 매달린 꿈
옹달샘에서 비장한 물 한 모금 마시고
허공에 날아드는 새

뒤돌아보지 말고 날아가거라
날갯짓 스치는 사이
오랫동안 기뻤던 인연들

훌훌 털고서 내리치는 번갯불 따라
소스라치도록 허공에 날아올라
새삼스레 떠오르는 꿈의 화신(化身)

아침이슬에 매달린
한바탕의 꿈

후회

진정 어린 시절 눈망울에 비추인
헐벗었던 산에는 나무들이 우거졌는데
그 시절 지천으로 흐르던 물들
그 많던 물들은 어디로 갔나
그거 다 바다로 흘러가서 달빛 되었나
내 안의 어두움 하나로 모여
소금처럼 썩지 않는 별이 되었나
순서 없이 일어나 기지개를 켜면서
가슴을 활짝 펴는 산과 들
흠뻑 적시면서 흘러가던 그 물은
어디로 갔나

사과 한 알

허공에 세운 붉은 섬
꿈같은 저 안에
맑은 혼 모여서
빛나는 섬

구름을 이고 떠돌다가
머나먼 태양의 나라에서
햇볕에 그을린 그리움 싣고 와
가지마다 내미는 상어의 분홍색 이빨

꿈같은 저 안에
주렁주렁 매달린 땀방울 훔치며
가지 위에 앉은 새를
햇살 담은 눈매로 내다보는
여류 화가의 꿈

담쟁이

깨달음의 불침번
멋모르고 뻗은 나뭇가지 위에서
바람 소리만 스쳐도 떨면서

봄볕에 튀어나온 작은 새
세상을 두리번거리며
길을 찾는다

반짝이는 눈으로
나팔꽃도 덩달아 피어
기다림의 노래를 한 소절씩 부르고

뿌리 끝에서 밀어 올리는 힘
들어 올리는 생명의 실핏줄 따라서
소리도 없이 창공 속으로
뻗어 가는 넝쿨손 담쟁이

순천만 順天灣

하늘을 보며
그날 밤
그 하룻밤
말의 씨,
마음속에 심었다
남해바다 발딱이며 일어나는 물결 위에
스며든 노을
비스듬히 누워 보여 주는
순천만 섬 사이로 점점이
다가서는 수줍음
아련한 그날
마음속에 심은 말
"목숨이 다할 때까지"
돌아다보면 그날 밤
그 하룻밤
다짐했던 말
순천(順天)

등대

바닷속 깊숙한 곳에
밀려갔다 밀려오는 물살을 딛고
수초 사이를 미끄러지듯
은밀한 달빛에 젖어
하늘을 난다
기억의 모서리 파도 소리에
눈 감고 귀 막으며 키워 온 가슴
더운 피조차 말라 버린 암초 사이로
멀리서 깜빡이는 어둠에 그을린
하늘을 난다
모두가 잠이 든 밤
하늘을 난다
은밀한 달빛에 젖어
하늘을 난다

까마귀

물속에 머리를 처박은 나무들 사이사이
눈썹을 그리다 빠뜨린 낮달
멀리 떠나가다가 되돌아와서
안부를 묻는다
어린 시절 그 호숫가에
다시 돌아와 하늘을 보면
뜨거운 숨소리를 내뿜던 흙 비린내
어디로 가고
늘어진 옷자락처럼 남루한 추억
물에 빠진 시신처럼 떠오르는
눈썹을 그리다가 빠뜨린 낮달

나비

바람의 말
어디서 왔을까
나비가 될 때까지
애벌레를 키우듯 애지중지하면서
바다를 건너 항해하는 배처럼
우주 건너왔을까
오늘이 나에게 마지막 인사를 하는 날
내가 하고픈 말
햇살에 말리고
나는 법을 배우고 첫 비행에 나선
나비야
파도를 일으키는 날갯짓 흔적
바람의 말이여
네 안에 내가 있구나.

탑

하늘 높이 영원을 날다가
사뿐히 내려앉은 새
강마을 어귀에
이끼 낀 너의 이름 부른다

떠오르는 보름달
비상의 날개를 틀어 올리며
지금은 제자리에 고요히 서 있는 순간

땅에 있어도 땅이 아니고
하늘에 올라도 하늘은 아닌
너와 나 한가운데 빈자리를 채우며
바람도 없는데 떨어지는 꽃잎들

하늘 높이 솟대 세워
하늘 문을 만든 사람들
이승 길 벗어나듯 꽃잎이 진다
하늘을 날아와 지저귀는 새

날개를 도닥이듯 비추는
고요한 달빛

폭포

거문고에서 스미어 나오는
지구의 숨결
어울리지 않는 선(扇)들이 만나
만들어 낸 상큼한 코골음
언제나 찾아가도 반가이 일어나
노래를 불러 주는 천둥소리
원시에 숨겨 두었던
꿈의 노래
울렁이는 가슴에 피어나는
열정의 붉은 꽃
사이사이에서 꺼내어 들려주는
사랑의 속삭임

독백

밤길을 가는데
길들이 깨어나 중얼거린다
함부로 쓰러져 마음을 추스르는
여름 낙엽들도 숨소리를 죽인다
새벽의 이마를 짚으며
말에 속은 말들 중얼거린다
누구나 아는 대로 어둠은 사라지고
새벽은 오겠지
이슬을 차면서 아침은 걸어오겠지
그대가 머문 자리
세월이 흘러 흔적 없이 사라지겠지

겨울새

동이 트기 전에
어둠은 더욱 어둡고
어둠 속에서 머문 강가
얼어붙은 갈댓잎을 들어 올리는
새벽바람 소리
이리저리 더욱 높은데
밤새도록 잠 못 이룬 사람
서러웠던 마음도 서둘러서
뒤척이던 강바닥에 엎드려 입을 다물고
어디론가 멀리 떠난 이
기다림의 창문마다 눈썹을 달아 주듯
눈물 시린 하늘
뉘엿한 새벽달 밀고서
먼동이 트기 전 분주히 몰려드는
새벽바람

구름 위를 걷다

강물을 따라가면 다다르는 곳
내 기억의 저편
초등학교 아랫동네 등 굽은 초가집
어린 슬픔 달래기에 적당한 별이 뜨고
길지 않은 봄날도 충분했었다

새벽처럼 봄이 오고 눈 녹는 산야에
아스라이 눈썹 같은 조각달이 차오를 때쯤엔
어린 팔 내민 힘은 차오르고
근육은 울퉁불퉁 징그러웠다

긴 언덕 기어 올라온 보랏빛 칡꽃도
향기를 품고 화답하듯이 되살아나서
하늘을 나는 물고기처럼
태양을 따라서 솟구치는 곳
세월의 강물을 뒤따라가면 다다르는
등 굽은 초가집 마당

바람

말의 뿌리 찾아가다 길이 끝나고
그 자리에 주저앉아
듣는 물소리

마음은 품는 것이 아니라며
감춰 놓은 마음을
꺼내 놓은 그 어디쯤
흘러가는 물소리를 들었지

마른 혈관을 뚫고
장작처럼 뜨겁게 타오르던 마음이 아파올 때
비로소 촛불의 향연처럼 별이 빛나고
은하(銀河)를 건너서 하늘 가는 길

세상의 모든 길이 끝나고
강둑에 숨어 슬피 울던 날
아픔의 마디마디 겹친 바람
안고서 들려오는 물소리

파도

세월의 수염을 깎고
눈썹을 밀었다
버릴 건 버리고
더 큰 그릇으로 기다리는
머리도 깎고
전설 속의 웅녀처럼 꿈을 찾는다
빛을 깎고 다듬는 신기루 속에
멀고 가까움 없이 하늘을 간직한
그릇들,
깨어지는 한순간
땅 끝까지 밀려와
쓰라린 가슴으로 출렁이는
불면의 파도 소리

비석

수천 년 잠을 자다 깨어난 듯
헝클어진 머리로 앉아 있는 산 아래
꿈길 속에 지나온 산등성이
하늘에 오르다가 그 자리에 굳어서
돌이 된 올페
바람에 수선거리는 꽃그늘 속에
수굿이 고개를 숙이고
인사를 하는 나무들 사이사이
새들도 날개를 쉬고 앉아 노래하는
수리산(修理山) 자락
쉴 새 없이 흘러가는 시간의 강물 바라보면서
상처 입은 가슴을 쓸어내리는
외로운 영혼

분향 焚香

하늘 높이 날다가
사뿐히 내려앉은 새처럼
절 마당 한 모서리에
이끼 낀 너의 이름

떠오르는 보름달
비상의 날개를 틀어 올리며
지금은 고요한 찰나

이 땅에 살아서 숨 쉬어도
땅은 아니고
하늘에 올라도 죽은 게 아닌
찻잔 놓인
빈자리에 바람이 잠들고
바람도 없는데 꽃잎이 맴을 돈다

향을 올린 사람들
하나둘 이승 길 벗어나
먼 길을 간다

뭉게구름

관악산 선녀탕을 지나서
산비탈 꼭대기를 한 굽이 돌아드니
새소리를 벗 삼아
장작을 패고 있는 노파 옆으로
목탁이 터져서 마당에 나뒹구는데
절을 지키는 스님네는
어디로 가고
흰 꽃을 따먹는 소 한 마리가
줄 풀려 있다

봄밤

강물처럼 소리 없이 흘러가다가
쓰러져 누운 길 위에서 길을 묻는다
우리는 매일매일 어디로 가나
몸 마디마디 조금씩 실금이 가고
보이지 않는 슬픔의 바람이 분다
그대가 아니면 하루도 못산다고
파고들던 가슴이 허전할 때
나는 또 어디로 가나
나 혼자 살아서 숨 쉬는 *忍苦*의 세월
오늘 문득 선잠을 자다가
현실처럼 그대와 마주 앉아서
덧없는 세상의 안녕을 묻고
또다시 뒤척이며 흘러가는데
어디선가 들려오는 소쩍새 소리
어디서 날아왔다가 어디로 가나

이슬

가거라
가서는 돌아보지 말아라
슬픔의 눈물일랑 보이지 말고
다시 오지 말아라
반짝이는 하얀 이를 드러내 웃는
가지런한 텃밭에
해 짧은 봄날
그 길고 긴 꿈 꾸었다 치고
소리 없이 가거라
날아가거라

쉼표를 찍고

오월 어느 날
별들과 마주 앉아
홀로 마신다
밤새워 울던 소쩍새
잠자러 가니
귀 기울여 듣던 별 하나
차라리 안심을 한다
비로소 참았던 눈물이 쏟아져 내려
뒤돌아 눕는 어깨를 적시고
다소곳이 동여맨 머리를 푼다
폭죽을 터트리듯 만개한 꽃그늘 아래
별들과 마주 앉아
독작을 한다
신선한 바람이 분다

에필로그

늘 기다리고 사랑을 주시는 독자분들과
하나님 가족에게 거듭거듭 감사하다.
또한 시집을 편집해 주신 지섭과 상준, 은숙에게도
고맙다는 말을 아니 할 수 없다.

하늘의 근육이 굳어 있었다

© 원용대 2025

초판 인쇄 2025년 1월 15일
초판 발행 2025년 1월 25일

지은이   원용대
펴낸이   장지섭
북디자인 김은숙

인쇄   (주)금강인쇄
펴낸곳   도서출판 시인
          등록번호 제384-2010-000001호
          등록일자 2010년 1월 11일
          14034 경기도 안양시 만안구 수리산로 48번길 9, 302호(안양동, 청화빌딩)
          Tel 031-441-5558   Fax 031-444-1828
          E-mail : siin11@hanmail.net

ISBN 979-11-85479-34-7

이 시집은 한국예술인복지재단의 지원을 받아 제작하였습니다.